Was ist der Mensch?

Cécile Robelin unterrichtet
Literaturwissenschaft am Collège
Paul-Bert de Drancy.

Jean Robelin ist Professor für
Philosophie an der Universität Nizza
und Autor zahlreicher Bücher.

Lionel Koechlin arbeitet vorwiegend
für Presse, Werbung und Verlage.
Daneben malt er und entwirft Plakate.
Seit 1973 hat er rund 40 illustrierte
Bücher veröffentlicht.

Cécile Robelin, Jean Robelin

Was ist der Mensch?

Leo und der Philosoph

Aus dem Französischen
von Holger Fock und Sabine Müller

Illustrationen
von Lionel Koechlin

Campus Verlag
Frankfurt / New York

Die französische Originalausgabe erschien 2006
unter dem Titel *Qu'est-ce qu'un homme? Dialogues de Léo, chien sagace, et de son philosophe* in der Reihe
»Chouette! Penser« bei Gallimard Jeunesse / Giboulées.

Umschlag- und Innengestaltung: Néjib Belhadj Kacem

Bibliografische Information
der Deutschen Nationalbibliothek.
Die Deutsche Nationalbibliothek verzeichnet diese
Publikation in der Deutschen Nationalbibliografie.
Detaillierte bibliografische Daten sind im Internet
unter http://dnb.d-nb.de abrufbar.
ISBN 978-3-593-38658-4

Umschlaggestaltung: Guido Klütsch, Köln
Umschlagmotiv: © Lionel Koechlin
Satz: Campus Verlag, Frankfurt am Main
Druck und Bindung: Freiburger Graphische Betriebe
Gedruckt auf säurefreiem und chlorfrei gebleichtem Papier.
Printed in Germany

Besuchen Sie uns im Internet: www.campus.de

Wir danken Antoine Devulder für die aufmerksame Lektüre unseres Manuskripts, Juliette Cerf für ihre wertvolle Hilfe und ihre klugen Hinweise und Michèle Robelin und Benjamin Jungman für ihre anregenden Kommentare.

Inhalt

Kapitel 1

In dem sich ein Hund namens Leo beim Philosophen vorstellt, dieser ihn aufnimmt und der Hund sich fragt, ob Menschen dafür geschaffen sind, in Gemeinschaft zu leben

Dies ist die Geschichte eines Philosophen, der an einem Buch über den Unterschied zwischen Tier und Mensch schrieb. Jeden Tag wanderte er in seinem Arbeitszimmer vor den Bücherregalen auf und ab, die bis unter die Decke reichten, zog hier und da ein Buch heraus und vertiefte sich darin. Dann klappte er es wieder zu – pffft! stiegen kleine Staubwölkchen auf – und lief hinüber zu seinem Schreibtisch, um zahllose Gedanken in sein großes Notizbuch zu kritzeln. Doch er konnte noch so viele Ideen in seinem Kopf wälzen, es kam nichts dabei heraus. Sein Werk machte keine Fortschritte.

Eines Morgens hatte er die Nase voll. Laut rief er: »Ich möchte mal wissen, was ein Hund, eine Katze oder ein Elefant sagen würden, wenn sie erklären sollten, warum die Menschen den Tieren überlegen sind!«

Noch während er dies sprach, kratzte es an der Tür. Draußen stand ein großer Hund mit fuchsrotem, struppigem Fell und langer Schnauze. Er stellte die Ohren auf und sagte:

»Steig mal von deinem hohen Ross herunter und biete mir deine Gastfreundschaft an, dann werde ich dir erklären, warum Tiere den Menschen überlegen sind.«

Mit der Schnauze schob er den Philosophen beiseite, marschierte schnurstracks ins Arbeitszimmer und setzte sich dort aufs Sofa.

»Seit Tagen höre ich dich brummen und knurren«, fuhr der Hund fort. »Du meinst, du würdest dir die großen Fragen über den Menschen stellen, dabei weißt du nicht einmal, wie du Tieren begegnen sollst. Die Hühner nehmen Reißaus, wenn du kommst, und die Katzen

fauchen dich an. Du musst etwas lernen – und Leo wird es dir beibringen.«

»Ein Hund, der spricht!«, rief der Philosoph verdutzt.

»Früher war ich ein ganz gewöhnlicher Hund. Ich stibitzte Knochen aus den Mülltonnen, sonnte tagsüber meinen Bauch und schlief nachts unter freiem Himmel. Und eines Morgens, statt wie sonst den Tag mit Gebell zu begrüßen, sagte ich plötzlich: ›Es sieht wieder nach einem schönen Tag aus.‹«

Der Philosoph rieb sich ungläubig die Augen, dann starrte er das Tier an, das auf seinem Sofa schwadronierte. Nein, er träumte nicht, die Tür stand offen, die Hundepfoten hatten Schmutzspuren hinterlassen, und das Tier rekelte sich auf seinen Kissen.

»So eine Sauerei!«, entfuhr es ihm. »Runter mit dir! Du bist schmutzig und du hinterlässt überall Haare.«

»Immer mit der Ruhe, Herr Philosoph. Wenn man den Menschen glauben darf, ist man Mensch, weil man spricht. Ich spreche, also bin ich ein Mensch. Und da ich zu Deinesgleichen gehöre, schuldest du mir etwas mehr Achtung.«

»Mit deinen schmutzigen Pfoten und deiner sabbernden Schnauze bleibst du ein Hund. Du benimmst dich nicht gut, du kennst keine Höflichkeit. Ein Hund hat seinem Herrn zu gehorchen.«

Der Philosoph ging zu Leo hin, wollte

ihn am Nacken packen und vom Sofa herunterziehen. Aber der Hund drehte den Kopf weg, sperrte das Maul auf und gähnte tief. Beim Anblick der scharfen Eckzähne wich der Philosoph zurück.

»Ich habe keinen Herrn, dem ich gehorchen muss«, erklärte der Hund und streckte sich. »Niemand hat mich je an die Leine gelegt, und ich gehe, wohin ich will. Deshalb bleibe ich jetzt auf diesem Sofa sitzen, es ist herrlich bequem hier.«

»Dann bist du also ein streunender Hund! Wie du siehst, gleichst du keinem Menschen! Denn Menschen leben in Gemeinschaft«, erwiderte der Philosoph.

»Der Mensch soll für das Leben in der Gemeinschaft bestimmt sein? Das ist wohl ein Witz!«, schüttelte der Hund den großen Kopf. »Ihr habt Angst vor einander! Setzt ihr nicht Wachhunde vor eure Türen? Schließen Hunde ihre Hundehütten vielleicht zweimal hinter sich ab, bevor sie spazieren gehen?«

»Was soll man ihnen auch stehlen?«, entgegnete der Philosoph und vergaß im Eifer des Gefechts beinahe, dass er mit einem Tier diskutierte.

»Und warum hast du Angst, bestohlen zu werden?«, hakte Leo nach. »Wenn die Menschen fähig wären, in Gemeinschaft zu leben, würden sie sich nicht gegenseitig bestehlen. Trotzdem errichtet ihr Mauern und Zäune um eure Häuser. Sieh dich an: Du bist neidisch, weil dein Nachbar ein schöneres Haus, ein größeres Grundstück, ein schnelleres Auto hat als du. Und wenn du sicher wärst, dass man dich nicht bestraft, würdest du ihm die Kehle durchschneiden, um sein Hab und Gut zu rauben …«

Dem Philosophen gefiel diese Widerrede nicht. Er ging auf und ab, fuhr dann plötzlich herum, baute sich vor Leo auf und entgegnete:

»Du selbst kannst aber auch ziemlich böse sein und kräftig beißen, wenn mich nicht alles täuscht.«

»Ein Hund beißt, um seine Knochen zu verteidigen, dazu hat die Natur ihm seine Fangzähne gegeben, während ihr Menschen immer neue Mittel erfindet, um euch gegenseitig zu töten, und sogar Strategien entwickelt und Kriege führt, die immer mörderischer sind.«

Leo kratzte sich nachdenklich mit der Hinterpfote am Ohr. »Du brauchst nur deinen Fernseher anzustellen. Was siehst du? Menschen mit Waffen, die andere Bewaffnete oder sogar Wehrlose niedermetzeln. Hast du je gesehen, dass ein Heer von Labradorhunden über eine Pudelarmee herfiele oder eine Gruppe von Bernhardinern ein Dackelvolk massakrieren würde? Aber ihr Menschen seid missgünstig, streitsüchtig und gewalttätig. Wenn du es genau wissen willst, die Gemeinschaft der Menschen ist der Krieg aller gegen alle …«

»Danke für den Lorbeer!«, brummte der Philosoph.[1]

»… dagegen sind wir Hunde den Menschen gute Gefährten. Wer führt die Blinden? Wer sucht in Lawinen nach verschütteten Skifahrern oder nach einem Erdbeben nach Verletzten unter den Trümmern? Wer ist der letzte Freund des

1 *Siehe Texte im Anhang, Seite 92*

Dass ferner der **Mensch** in höherem Grade ein staatenbildendes **Lebewesen** ist als jede Biene oder sonst ein Herdentier, ist klar ... Wer aber nicht in **Gemeinschaft** leben kann oder in seiner Autarkie ihrer nicht bedarf, der ist wie etwa das Tier oder die Gottheit kein **Teil** des Staates.

Aristoteles

Obdachlosen, den alle ausgestoßen haben? Kurz und gut: Der Hund ist wie geschaffen für das Leben in Gemeinschaft.«

Verärgert ging der Philosoph auf Leo los und fuchtelte mit seiner Brille:

»Mit diesen nutzlosen Streitigkeiten verliere ich nur meine Zeit. Wie du siehst, schreibe ich ernsthafte Bücher. Ich bin schließlich Philosophielehrer. Und ich

Aristoteles
Griech. Philosoph
(384–322 v. Chr.)

muss schön dumm sein, dass ich einem fuchsroten, räudigen Hund zuhöre.«

Noch während der Philosoph dies sagte, sprang Leo vom Sofa herunter und ging wortlos zur Tür. Er drückte die Klinke herunter, ging hinaus und ließ die Tür hinter sich offenstehen.

»Den bin ich los!«, stieß der Philosoph erleichtert aus, zog die Tür wieder zu und drehte den Schlüssel zweimal um. Dann kehrte er an den Schreibtisch zurück und setzte sich.

»An die Arbeit!«, ermunterte er sich und griff zum Füller.

Kapitel 2

In dem der Philosoph höflich Abbitte leistet und die Gastfreundschaft wiederentdeckt

Die Tage vergingen, und mit der Zeit fragte sich der Philosoph, ob seine Begegnung mit Leo nur eine Halluzination gewesen war.

»Ein sprechender Hund! Das gibt es doch gar nicht!«, brummte er und vertiefte sich wieder in seine philosophischen Überlegungen.

Er stöberte erneut in seinen Regalen und brachte alles durcheinander. Auf seinem Notizheft prangte in Großbuchstaben die Frage: WAS IST DER MENSCH? Mit seiner kleinen krakeligen Schrift notierte er einen Gedanken nach dem anderen. Doch alles war vergeblich, er kam keinen Schritt voran mit seinem großen Vorhaben.

Eine Woche verging, und er machte es sich zu Gewohnheit, die Tür offen zu lassen, für den Fall, dass ... Hinter den Vorhängen verborgen, konnte er vom Fenster aus das Kommen und Gehen des Hundes heimlich beobachten, der ungerührt seinen Beschäftigungen nachging. Schließlich zuckte der Philosoph die Schultern und kehrte zu seinen Büchern zurück.

Am Morgen des zehnten Tages wartete er ab, bis Leo zur gewohnten Zeit an seinem Haus vorbeikam, und trat vor die Tür hinaus. Als der Hund auf Höhe seiner Eingangstür angelangt war, sagte der Philosoph beiläufig:

»Schöner Tag heute!«

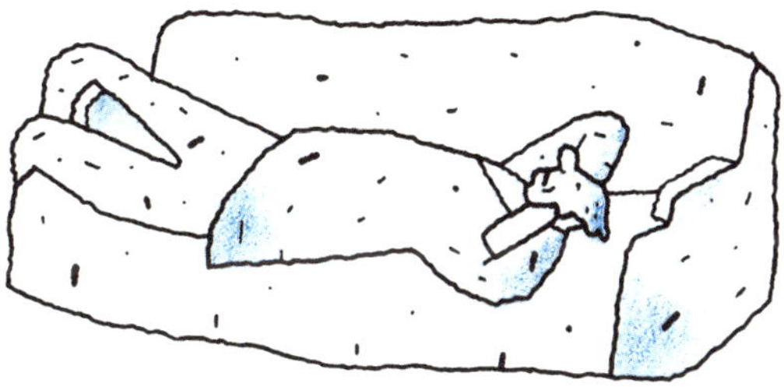

Doch der Hund ging weiter, ohne ihn eines Blickes zu würdigen. Der Philosoph machte kehrt, streckte sich auf seinem Sofa aus, legte den Kopf in die Hände und stöhnte: »Ich muss wirklich mit den Nerven am Ende sein. Jetzt fange ich schon an, mit Hunden zu reden ...«

Trotzdem war der Philosoph am nächsten Tag wieder auf dem Posten vor seiner Haustür und wartete auf Leo. Als der Hund näher kam, versuchte der Mann, ihn freundschaftlich zu locken:

»Pssst, pssst! Braver Hund, na komm her, hol' dir den Knochen!«

Leo ließ ihn links liegen und trottete weiter. »Was für ein Dummkopf, dieser Philosoph!«

Beschämt kehrte der Philosoph in sein Haus zurück. Er ließ zwei Tage verstreichen, bevor er wieder vor die Tür trat, um den Hund abzupassen. Als der Hund kam, murmelte er:

»Ich entschuldige mich, Leo.«

»Ich hoffe, du bist mit deinem großen Werk der hohen Philosophie vorangekommen«, erwiderte der Hund und schickte sich an, weiterzugehen.

»Ich muss gestehen, ich komme nicht vom Fleck«, antwortete der Mann mit gesenktem Haupt. »Ich denke oft an deine Einwände und mir scheint, sie könnten mir nützlich sein. Lass uns doch bitte unser Gespräch fortsetzen.«

»Du brauchst mich also«, stellte der Hund mit belustigter Miene fest.

»Ja«, gab der Philosoph zu.

Leo trat in das Zimmer und setzte sich vor den Kamin.

»Setz dich doch aufs Sofa, da hast du es bequemer«, lud ihn der Philosoph ein. »Möchtest du etwas trinken? Oder darf ich dir einen Keks anbieten?«

Kapitel 3

In dem die Frage aufgeworfen wird, warum Menschen in Gemeinschaft leben

Der Hund legte sich aufs Sofa und knabberte an einem Keks.

»Daran erkenne ich dich wieder«, sagte Leo schließlich«, »du versuchst, mir zu zeigen, dass Menschen Tiere seien, die dazu bestimmt sind, in Gemeinschaft zu leben. Ein Philosoph weiß Gäste zu empfangen: Er bietet Unterkunft und Verpflegung.«

»Sicher«, antwortete der Philosoph. »Ich brauche die Gesellschaft ... meinesgleichen. Darf ich dich darauf hinweisen, dass du hingegen ganz allein lebst.«

»Mitnichten! Gelegentlich spiele ich mit dem Hofhund der Rondots. Im Frühling sehe ich die schöne Yellow wieder,

die gelbe Labradorhündin von der Pension... Wenn Hunde sich begegnen, beschnuppern sie sich und erkennen sich am Geruch. Jeder geht seiner Wege, aber unterwegs trifft man sich.«

»Die Menschen dagegen leben fortwährend zusammen«, erwiderte darauf der Philosoph. »Sie knüpfen Beziehungen untereinander.«

»Aber warum lebt ihr fortwährend zusammen, obwohl ihr euch gegenseitig nicht ausstehen könnt?«, fragte Leo skeptisch.

Der Philosoph war näher gekommen und hatte sich auf die Rückenlehne des Sofas gesetzt. Jetzt dachte er über die Frage des Hundes nach, die nicht von der Hand zu weisen war.

»Die Menschen brauchen sich gegenseitig«, erklärte er schließlich. »In Gesellschaft zu leben, heißt nicht nur zusammenzuleben, es bedeutet auch zusammenzuarbeiten. In der Landwirtschaft wird der Boden bestellt und dem Bäcker das Korn geliefert. Der Bäcker knetet den Teig für das Brot, das ich esse. Und ich unterrichte die Kinder des Bauern und des Bäckers in Philosophie. Die Menschen leben in Gruppen, und in der Gruppe teilen sie sich die Arbeit.«

»Heißt das, der Fuchs, der allein dem Kaninchen nachstellt, und das Kaninchen, das seinen Bau allein gräbt, arbei-

Arbeitsteilung
Da Menschen in Gemeinschaft leben, teilen sie die Arbeit, die verrichtet werden muss, untereinander auf. Einer ist Metzger, einer Maurer, ein dritter Arzt ... Das nennt man bei uns Arbeitsteilung.

ten nicht?«, fragte der Hund. »Dann arbeiten der einsame Maler, der die Farbe auf seine Leinwand pinselt, und der Philosoph, der in seiner Kammer dicke Bücher schreibt, wohl auch nicht! Und wenn du allein bist und ich dir nicht Gesellschaft leiste, könnte man meinen, du drehst Däumchen.«

»Auch wenn ich mich zum Schreiben in mein Arbeitszimmer einschließe, bin ich nicht ganz allein. Um mein Buch zu verfassen, musste ich eine Menge anderer Philosophen lesen und die Menschen um mich herum gut beobachten. Ich arbeite dank der Arbeit anderer. Außerdem schreibe ich nicht für mich. Ich wünsche mir, dass man mein Buch liest, dass man mir Fragen zu meinem Text stellt und dass andere auf ihn antworten. Ich arbeite für die anderen«, bekräftigte der Philosoph im Brustton der Überzeugung.

Fassen wir zusammen:

Kapitel 4

In dem Leo und der Philosoph darüber debattieren, ob Tiere nicht ebenso arbeiten wie Menschen

Der Hund sprang vom Sofa und streckte die Vorderbeine, die steif geworden waren, dann trottete er zum Kamin, ließ sich davor nieder und legte die Schnauze zwischen die Vorderpfoten. Während er sich das Fell wärmte, dachte er noch einmal über die Ansichten nach, die sie soeben ausgetauscht hatten. Schließlich ergriff er wieder das Wort:

»Fassen wir zusammen: Menschen leben also in Gemeinschaft, denn nur durch Zusammenarbeit können sie alle ihre Bedürfnisse befriedigen.«

Nach einer kurzen Pause fügte er hinzu: »Im Grunde genommen seid ihr wie diese kleinen Ameisen, die von morgens bis abends auf ihrem Rücken Vorräte in den Ameisenbau schleppen, in dem sie zusammenleben.«

»Arbeiten bedeutet nicht nur, eine Aufgabe zu erfüllen«, antwortete der Philosoph. »Ameisen machen täglich dasselbe auf dieselbe Weise. Ihr Instinkt treibt sie dazu, ihre Nahrung auf dem Rücken in ihren Bau zu tragen. Sie können nicht anders.«

»Aber ihr seid doch auch zum Arbeiten gezwungen. Wenn du keine Vorlesungen hältst und keine Seminare gibst, verdienst du kein Geld und hast nichts zu essen«, erwiderte der Hund.

»Stimmt, um unseren Lebensunterhalt zu verdienen, müssen wir einen Beruf ausüben. Allerdings können wir auf ganz unterschiedliche Weise arbeiten: Zwei Bäcker zum Beispiel backen nicht dasselbe Brot. Wir können unsere Ar-

Instinkt
Tiere werden vom Instinkt zu einem bestimmten Verhalten oder Handeln bewegt, ohne dass sie darüber nachdenken müssen: Vor einer drohenden Gefahr zu fliehen, ist für Tiere ein wichtiger Instinkt zum Überleben. Beim Menschen ist es schwierig zu entscheiden, wann das Verhalten vom Instinkt geleitet ist.

beitsweise auch ändern: Ich gebe nicht denselben Unterricht, den ich als junger Lehrer gegeben habe.«

»Ich dagegen verlasse mich beim Jagen ganz auf mein untrügliches Gespür und meine starken Pfoten. Warum sollte ich meine Art zu jagen ändern? Ich stöbere das Wild jedes Mal auf!«, entgegnete der Hund und hob dabei stolz die Schnauze.

Der Philosoph lächelte und gab zu: »Vielleicht haben wir Menschen unser Gespür verloren. Deshalb nutzen wir unsere Fähigkeiten gemeinsam für die Jagd, und jeder sucht sich seine Rolle in Abhängigkeit von den anderen. Die, die am schnellsten laufen, scheuchen das Wild auf, die anderen passen es am Waldrand ab[2].«

2 *Siehe Texte im Anhang, Seite 95.*

»Glaubst du wirklich, dass sich die Menschen ihre Berufe aussuchen? Wie dem auch sei, wenn die Rollen erst ein-

Der **Ungeschickte** bringt immer etwas anderes heraus, als er will, weil er nicht Herr über sein eigenes Tun ist, während der Arbeiter **geschickt** genannt werden kann, der die Sache hervorbringt, wie sie sein soll, und er keine Sprödigkeit in seinem subjektiven Tun gegen den **Zweck** findet.

Hegel

mal verteilt sind, macht jeder, was er zu tun hat. Jeder nimmt seinen Platz ein und behält ihn bei, wie bei den Tieren«, beschied Leo.

Der Philosoph stand auf. Er hatte es mit einem starken Gegner zu tun! Aber er war froh über dieses freundschaftliche und fruchtbare Duell. Um sein Denken anzuregen, begann er, im Zimmer auf und ab zu gehen, während er redete:

»Nein, da kann ich dir nicht zustimmen. Den Menschen kommt kein endgültig festgelegter Platz zu, sie müssen fortwährend daran arbeiten, ihren Platz neu zu bestimmen. Es ist ein ständiges Lernen, so entwickeln sie sich. Der Bäcker lernt das Brot zu backen, aber je länger er den Beruf ausübt, um so schmackhafter wird sein Brot. Und wenn der Philosoph seinen Teig nicht mehr knetet, wenn er seinen Unterricht nicht

Georg Wilhelm Friedrich Hegel
Deutscher Philosoph (1770–1831)

mehr vorbereitet, endet es damit, dass er schlechter wird. Er vergisst, wie man eine gute Stunde hält, er verliert sein Händchen dafür. Die Ameise dagegen muss sich keine Sorgen darum machen, für den Transport der Nahrung aus der Übung zu kommen[3].«

3 *Siehe Texte im Anhang, Seite 98.*

»Wenn ich dich richtig verstehe, sagst du, dass du ein schlechter Philosoph wirst, wenn du dir nicht ständig den Kopf zerbrichst. Dagegen gibt es keine schlechte Ameise, die ihre Arbeit nicht mehr gut verrichten kann. Und ich weiß immer, wie ich zu jagen habe, außer wenn ich krank bin«, bekräftigte der Hund.

»Ameisen erfüllen nur eine Aufgabe, während wir Menschen uns für viele verschiedene Aufgaben ausbilden können,« bemerkte der Philosoph.

»Hunde verstehen sich ebenfalls auf verschiedene Dinge: Sie können jagen, verschüttete Menschen aufspüren oder , ihre Artgenossen durch Schnüffeln erkennen.«

Der Philosoph lächelte gönnerhaft:

»Hunde sind eben intelligenter als Ameisen...«

»Danke...«

»Deshalb können Menschen sie für verschiedene Aufgaben dressieren ...«

Leos Augen folgten dem Philosophen, der im Zimmer auf und ab ging. »Dann können Menschen also verschiedene Tätigkeiten ausüben, weil sie selbst dafür dressiert wurden!«, antwortete er.

Bei diesen Worten blieb der Philosoph stehen, setzte sich wieder in den Sessel und sank in sich zusammen. Schließlich faltete er die Hände über den Knien, holte tief Luft und sagte mit wichtigtuerischer Miene:

»Arbeit erzieht den Menschen, sie dressiert ihn nicht! Durch Arbeit entwi-

ckeln wir unseren Geist, unsere Fähigkeiten. Arbeit ermöglicht uns Selbstverwirklichung. Nur durch sie macht der Mensch Fortschritte und verändert sich, verstehst du? Und deshalb findet er darin nicht nur die Befriedigung seiner Bedürfnisse, sondern auch sein Glück.«

Der Hund hatte sich auf die Hinterpfoten gestellt. Mit einem Satz sprang er auf das Sofa, rückte näher zum Philosophen hin und blickte ihm geradewegs in die Augen:

»Sag mal, Mensch, machst du dich zufällig gerade ein wenig auf meine Kosten lustig?«

»Aber ... Wie bitte? Entschuldige mal ... wie das denn?«, stammelte der Philosoph, während er, um Haltung bemüht, seine Brille zurechtrückte.

»Du willst mir doch nicht weismachen, dass du gerne jeden Morgen so früh aufstehst, um im Gymnasium zu unterrichten! Bist du dir sicher, dass du auch Glück und Befriedigung findest, wenn du in der Kälte Einkäufe erledigst? Wenn du dich abmühst, Schülern, die dir nur mit halbem Ohr zuhören, komplizierte Begriffe beizubringen? Soll ich dir etwa glauben, dass Menschen leben, um zu arbeiten? Ich sage dir, dass sie arbeiten, um zu leben, und dass sie viel glücklicher sind, wenn sie Feierabend haben und tun können, was ihnen gefällt. Das Glück ist die Faulheit, für Menschen ebenso wie für Hunde!«

»Freizeit, das gebe ich gerne zu, kann dem Menschen eine große Freude sein, aber doch nicht die Faulheit ...«, brummte der Philosoph.

Leo sprang vom Sofa herunter und machte sich auf den Weg zur Tür:

»Genug für heute. Es wird Zeit für mich, zurückzugehen und mich anderen Dingen zu widmen. Lass dir die Ideen, die wir ausgetauscht haben, ein wenig durch den Kopf gehen, wärme dich am Kaminfeuer, erhole dich. Ich werde wiederkommen, um dich darüber aufzuklären, was wirklich wichtig ist für jeden, der mit dem Arbeiten aufhören kann.«

»Was hast du dir denn Besonderes ausgedacht für mich?«, fragte der Philosoph, der immer noch im Sessel saß.

»Das wirst du bald sehen«, erwiderte Leo beim Hinausgehen.

Nachdem der Hund sich verabschiedet hatte, streckte der Mann seine Füße zum knisternden, warmen Feuer aus. Dann zog er seine Socken aus, hielt seine bloßen Füße in Richtung der Flammen und seufzte.

Kapitel 5

In dem die Frage aufgeworfen wird, ob Arbeit den Menschen glücklich macht

Am nächsten Tag hatte der Philosoph auf dem Couchtisch Kekse und eine große Schale Wasser für Leo bereitgestellt. In seinem Notizbuch hatte er die Überlegungen vom Vortag festgehalten und eine Reihe Argumente aufgeschrieben, die er dem fuchsroten Hund entgegensetzen wollte. Mit großer Gelassenheit erwartete er seinen nächsten Besuch. Punkt 10 Uhr saß Leo vor der sperrangelweit geöffneten Tür. Der Hausherr lud ihn höflich ein, es sich neben ihm auf dem Sofa bequem zu machen.

»Nein, nein«, sagte der Hund, »komm lieber nach draußen. Du schließt dich immer zu Hause ein, lebst traurig wie die Würmer, die deine Bücher fressen. Komm, ich bringe dir etwas bei, was du nicht kennst: dir Zeit zu nehmen.«

Der Philosoph schimpfte vor sich hin, während er sich seine Jacke schnappte und dem Hund, der schon den Weg entlang trottete, nach draußen folgte.

»Sieh dich an!«, rief ihm der Hund zu. »Du marschierst immer geradeaus. Mach es lieber wie ich, hier einen Schlenker, da einen Schlenker, lass dich vom Wind davontragen. Ich werde dich den guten Duft der Blumen auf den Grünstreifen riechen lassen, dir die Tiere im Wald zeigen. Hör mal, wie deine Schritte auf dem Weg knirschen ...«

Leo lief immer schneller. Der Philosoph hatte Mühe, ihm zu folgen, und geriet ein bisschen außer Atem. Sie kamen auf eine große, blumenübersäte Wiese, und der Hund wälzte sich im Gras. Sein Gefährte blieb stehen und sah ihm zu.

»Setz dich doch ins gute, saftige Gras«, sagte Leo zu ihm.

Dann lagen beide mit dem Gesicht zum Himmel auf der Wiese und unterhielten sich ganz ungezwungen. Die Zeit verging, und Leo bemerkte:

»Was wir im Moment tun, uns Zeit nehmen, reden und uns dabei den Duft der Blumen um die Nase streichen lassen, kann man nicht Arbeit nennen. Und trotzdem tun wir etwas.«

»Genau deshalb«, sagte der Philosoph mit viel Nachdruck, »unterscheide ich zwischen Freizeit und Faulheit.«

»Aber alle Viere von sich zu strecken, sich nicht um die Welt zu kümmern, die sich um uns dreht, das ist doch faulenzen!«, erwiderte der Hund. »In dieser freien Zeit ohne irgendwelche anderen Zwänge als die, die wir uns selbst auferlegen, schmieden wir in aller Ruhe unsere Ideen. Und das macht uns glücklich,

Freizeit
Freizeit unterscheidet sich von Faulheit. Faulenzen heißt, nichts Bestimmtes zu tun. Freizeit dagegen bedeutet, eine Aktivität auszuwählen, der man in seiner freien Zeit nachgeht, ohne irgendwelchen Zwängen zu unterliegen oder zu einem bestimmten Tun verpflichtet zu sein.
Wenn ihr zum Beispiel mit euren Freunden spielt, wenn ihr euch entschließt, ein Buch zu lesen oder Sport zu treiben, sprecht ihr von Freizeitaktivitäten. In der Schule dagegen bestimmen die Lehrer eure Aktivitäten: Schule ist keine Freizeit …

aber nicht die Arbeit. Sieh dir deinesgleichen an: Solange sie arbeiten, machen sie ein finsteres Gesicht!«

»Gewiss«, bemerkte der Philosoph dazu, »aber wenn sie zu Hause bleiben und nichts tun, langweilen sie sich, sie erleben nichts. Der Mensch, der sich zurückzieht, abgeschieden in seinen vier Wänden lebt, der weder seine Hände noch seinen Geist gebraucht, bleibt immer auf demselben Stand, er macht keine Fortschritte.«

Der Hund knabberte an einem Grashalm und betrachtete den Philosophen. »Dann ist es also weder die Arbeit noch die bloße

Faulheit, die das wahre Leben ausmacht, sondern erst, wenn die Arbeit zur Freizeit wird, ist der Mensch glücklich. Zu-tun, was einem zusagt, gemäß seinem eigenen Rhythmus, das würde einen vollendeten Menschen aus euch machen, der seine Fähigkeiten ausschöpft. Als ich gestern mit Yuki, dem Schäferhund, die Schafherde des Bauern hütete, sog ich auch die guten Gerüche der Erde ein, rannte ich den Kaninchen hinterher ... Ich war glücklich. Ihr Menschen solltet ein Leben führen, das eines Hundelebens würdig ist!«

Kapitel 6

In dem Leo und der Philosoph herausfinden wollen, ob Tiere miteinander sprechen können

Am nächsten Tag stand der Philosoph spät auf. Er war länger als gewöhnlich im Bett geblieben und hatte den Geräuschen der Natur gelauscht, die von draußen kamen. Er war in blendender Form und bereitete ein leckeres Frühstück vor in der Hoffnung, Leo würde sich zu ihm gesellen. Und tatsächlich streckte der Hund Punkt 10 Uhr seine Schnauze zur Tür herein. Mit eingeklemmtem Schwanz, schleppendem Gang und glasigen Augen trat er ins Zimmer und brummte:

»Dass ich heute zu dir gekommen bin, ist schon etwas Besonderes. Ich weiß, dass ich für dein Buch unentbehrlich bin und dass du ohne mich verloren bist. Deshalb teile ich deine Mahlzeit... Ich wäre gerne noch in der Sonne liegen geblieben und hätte weitergedöst. Ich hatte eine grässliche Nacht. Mit den anderen Hunden im Dorf habe ich die ganze Nacht hindurch geredet. Ein ganzer Chor von Hunden unterhielt sich quer durchs Land, und es wollte kein Ende nehmen.«

Müde ließ sich Leo vor dem Kamin nieder und fuhr fort: »Das ist natürlich Wasser auf meine Mühlen. Wir Tiere sind vielleicht nicht menschlich – oder dumm – genug, um zu arbeiten, aber diese nächtlichen Gespräche zeigen, dass wir eine Hundegesellschaft bilden. Denn wir sprechen miteinander.«

»Aber mein guter Leo, Hunde sprechen nicht!«, korrigierte ihn der Philosoph. »Es ist zwar richtig, dass das Leben in Gesellschaft bedingt, dass man miteinander spricht. Aber der Mensch ist das einzige Lebewesen, das spricht.

»Soll das heißen, wir Tiere können nicht sprechen?«, fragte der Hund verärgert.

»Nicht wirklich, mein Freund ... Du bist natürlich eine Ausnahme.«

»Aber ich verstehe doch, was meine Artgenossen sagen«, entgegnete Leo. »Und sie verstehen auch mich. Wenn Rex bellt, der große Schäferhund, weiß ich, dass er anschlägt, dass ein Fremder um sein Haus schleicht. Wenn Jasper, der komische kleine Chihuahua der Bankiersfrau, kläfft wie verrückt, weiß ich, dass er Angst hat. Und wenn ich zurückkomme, belle ich meinerseits, um zu zeigen, dass ich wieder da bin. Auf diese Weise kommunizieren wir.«

»Ihr kommuniziert«, ging der Philosoph darauf ein, »aber ihr sprecht nicht.«

»Hm! Jetzt wirst du echt spitzfindig«, meinte Leo.

Der Philosoph war zum Fenster gegangen und forderte Leo auf, ihm zu folgen. Draußen trat gerade Milord, die große schwarz-weiße Katze, den Rückzug an, denn Billy, der Spaniel, war aufgetaucht und ging langsam auf sie zu. Die Katze sträubte das Fell und miaute lang und kläglich. Ihr Gegner knurrte.

René Descartes
Französischer Philosoph (1596–1650)

»Sieh dir die beiden an. Der Hund kläfft, um seine Wut zu zeigen, die Katze miaut und drückt so ihre Angst aus. Offensichtlich zeigen Tiere ihre Gefühle durch Schreie. Auf dieselbe Weise drücken sie ihre Bedürfnisse aus: wenn sie raus möchten oder etwas zu fressen fordern[4].

4 *Siehe Texte im Anhang, Seite 100*

»Wenn ihr bellt, könnt ihr andere Hunde auf eure Situation hinweisen. Aber sprechen heißt, auf Dinge zu ver-

Doch ist niemals ein so vollkommenes **Tier** gefunden worden, das sich irgendeines Zeichens bedient hat, um anderen Tieren etwas verständlich zu machen, was keine Beziehung zu seinen **Gefühlen** hat; und es gibt keinen so unvollkommenen Menschen, der sich deren nicht bedient, sodass die Tauben und Stummen besondere **Zeichen** erfinden, mit denen sie ihre **Gedanken** ausdrücken.

Descartes

weisen, die nicht da sind, die man nicht vor Augen hat. Ich kann zum Beispiel über etwas reden, was noch nicht ist. Ich kann sagen: ›Morgen werde ich Würstchen essen.‹«

»Lädst du mich ein?«, warf der Hund dazwischen und leckte sich die Lefzen.

Aber der Philosoph fuhr fort: »Und ich kann auch etwas in den Blick nehmen, was nicht mehr ist, was vergangen ist. Ich erinnere mich an meinen Geburtstag, den ich vor mehreren Monaten gefeiert habe, und ich kann anderen von der Geburtstagsfeier berichten. Kurz, um zu sprechen, muss man wissen, zu welchem Zeitpunkt man spricht. Man muss in der Lage sein, Dinge zu formulieren, die vergangen sind oder die erst noch kommen.«

»Das ist alles sehr kompliziert«, bemerkte der Hund.

»Wenn wir sprechen«, fuhr der Philosoph fort, »kann ich die augenblickliche Zeit angeben, ich weiß, welchen Tag wir haben, dass es bald Mittag wird. Ich schätze die Zeit ab, die vergeht. Ich kenne mein Alter, ich erkenne, dass ich älter werde. Und über das alles kann ich sprechen. Hunde können das nicht.«

Leo hörte den Worten seines Freundes mit großem Ernst zu.

Der Mensch ist ein Lügentier!

»Menschen können sogar etwas ausdrücken, das es nicht gibt«, fuhr der Philosoph fort, der nun richtig in Schwung geraten war. »So kann ich in allen Einzelheiten ein Ereignis erfinden und von ihm erzählen. ›Vor mir saß ein grüner Hund mit fünf Pfoten und großen violetten Augen und strickte gerade einen Schlafanzug ...‹«

»Aber«, schnitt ihm der Hund das Wort ab, »wenn der Mensch sagen kann, was es nicht gibt, kann er auch lügen. Wir Hunde drücken unsere Gefühle aus, wir täuschen niemanden. Das ist wieder eine eurer Schwächen! Der Mensch ist ein Lügentier!«

»Wenn du so willst ... Ja, wir können lügen. Da wir uns aber Situationen und Personen ausdenken können, die es nicht gibt, können wir auch Geschichten erfinden, Romane schreiben, eine Fantasiewelt erschaffen, zum Beispiel in einem Kunstwerk«, antwortete der Philosoph[5].

Der Philosoph und der Hund hatten sich wieder auf das Sofa gesetzt, auf dem noch immer die Pfotenabdrücke zu sehen waren. Beide dachten angestrengt nach.

»Aber das ist ja furchtbar!«, rief der Hund, nachdem er sich alles durch den Kopf hatte gehen lassen, was sein Freund ihm soeben gesagt hatte. »Wenn ihr an die Zukunft denkt, wenn ihr euch vorstellt, was passieren kann, so wisst ihr auch, dass ihr eines Tages sterben werdet, ihr könnt euch alle Arten von Leiden vorstellen. Um glücklich zu sein, ist es besser, nur in der Gegenwart zu leben[6]!«

»Vielleicht. Aber ihr Hunde habt deshalb einen sehr begrenzten Horizont. Wenn Rex bellt, weil er einen Unbekannten auf dem Hof sieht, gibt er ein Signal.

5 *Siehe Texte im Anhang, Seite 101*

6 *Siehe Texte im Anhang, Seite 102.*

Wer des folgenden **Tages** am **wenigsten** bedarf, begrüßt ihn am **freudigsten**.

Epikur

Er verhindert, dass der Unbekannte weitergeht, ein bisschen wie eine rote Ampel, die den Verkehr stoppt. Wenn ich einen Unbekannten sehe, frage ich ihn, was er sucht, ich stelle ihm Fragen, er antwortet mir, wir beginnen ein Gespräch. Sprechen heißt nicht, ein Signal senden, sondern Sätze bauen, um Zusammenhänge herzustellen.«

»Pah!«, warf Leo ein, »Bienen vollführen Tänze am Himmel, um den anderen Mitgliedern des Bienenstocks die Richtung und die Entfernung zu einem Feld mit Nektar anzugeben. Auf ihre Weise bilden sie Sätze. Die Tanzfiguren verbinden sich untereinander wie Wörter zu einer Aussage.«

»Aber Bienen sagen immer dasselbe! Sie können ihren Tanz nicht anderen Situationen anpassen. Man hat noch nie eine Biene gesehen, die andere zum Streik aufgefordert oder anderen eine Liebeserklärung gemacht hätte. Menschen können nicht nur komplexe Sätze bilden, sie können auch immer neue erfinden. Wir können endlos viele Dinge sagen.«

Der Philosoph hielt einen Augenblick inne, um nachzudenken, und fuhr dann fort: »Das kann die menschliche Sprache: Dinge bezeichnen, die nicht da sind,

Sätze bilden und daraus immer wieder neue Sätze hervorbringen. Was wir nicht vor Augen haben, können wir uns denken, wir können erfinden, uns in die Zukunft versetzen, uns die Vergangenheit vergegenwärtigen und neue Wörter erschaffen, um das alles auszudrücken.«

Noch immer zweifelnd gab der Hund zu bedenken:

»Wenn nur Menschen endlos viele und immer neue Dinge sagen können, bedeutet das, dass wir nicht solche Gedanken haben, wie ihr sie habt ... Doch auch wir stellen Zusammenhänge her: Einmal lehnte Billy sich an eine Leiter, sie fiel um und ihm auf den Kopf, seither hat er Angst vor Leitern und umgeht sie vorsichtig ...«

»Selbstverständlich, Leo: Billy hat Bilder in seinem Hundekopf. Er verbindet die Leiter mit Schmerz. Aber er hat nicht begriffen, dass sein Gewicht die Leiter zum Umfallen gebracht hat. Und wenn Billy sich an einen schlecht geschichteten Holzstapel lehnt, sieht er nicht voraus, dass der Stapel über ihm einstürzen kann. Er erkennt keinen Zusammenhang mit der Leiter. Wir Menschen rechnen mit so etwas und können es voraussehen. Wir bilden Theorien auf der Grundlage unserer Erfahrung.«

Leo hörte dem Philosophen aufmerksam zu, der salbungsvoll wie ein Gelehrter fortfuhr: »Siehst du, Leo, nur der Mensch ist ein Wesen, das spricht, denkt und mit Vernunft begabt ist.«

Theorie
Das sind alle Ideen, die einem einfallen, wenn man die Fakten erklären soll, die man durch die Beobachtung kennen lernt – siehe Erfahrung.

Erfahrung
Alle Erkenntnisse, die ihr bei der Beobachtung eurer Umgebung gewinnen könnt. Eine andere Art von Erkenntnis ermöglicht hingegen die Theorie.

Vernunft
Durch die Vernunft können Menschen das Wahre vom Falschen unterscheiden, das Gute vom Schlechten und die Konsequenzen aus ihrem Wissen ziehen.

Kapitel 7

In dem der Hund daran zweifelt, dass der Philosoph ein vernünftiges Tier ist

Darauf begann Leo, sich auf dem Boden zu wälzen, und bellte dabei fröhlich.

»Aber was hast du denn?«, fragte der Philosoph gekränkt.

Vernünftig
Vernünftig ist der Mensch, der Vernunft besitzt, der in seinem Handeln der Vernunft folgt und sich nach ihr richtet.

Der Hund hob die Schnauze. »Zugegeben, ihr denkt auf eine viel kompliziertere Weise als wir. Aber du und ein vernünftiges Tier?! Du wirst sicher zustimmen, dass ein vernünftiges Tier darüber nachdenkt, was gut und nützlich für es ist?«

»Voll und ganz«, pflichtete ihm der Philosoph bei.

»Betrachten wir das ein wenig genauer«, sagte der Hund und kam wieder zu ihm.

»Sag mal, Philosoph, glaubst du nicht, dass du zu viel auf den Rippen hast?«

»Stimmt«, antwortete der Philosoph und senkte den Kopf.

»Bist du sicher, dass das gut für die Gesundheit ist?«, fragte der Hund.

»Ich weiß natürlich, dass Übergewicht zu schweren Krankheiten führen kann.«

»Und weil du das weißt, isst du natürlich weniger«, schloss der Hund zuckersüß.

»Eigentlich nicht«, gestand der Philosoph und zog den Bauch ein.

»Aber du treibst Sport an der frischen Luft, um abzunehmen und gesund zu bleiben.«

»Nicht unbedingt. Ab und zu fahre ich auf dem Heimtrainer in meiner Wohnung«, meinte der Philosoph bescheiden.

»Fassen wir zusammen: Du weißt, du müsstest abnehmen, aber du tust nichts dafür. Du handelst also wider die Vernunft. Jeder vernünftige Mensch sieht zu, dass er bei guter Gesundheit bleibt. Nimm mich als Beispiel: Zu meiner Zerstreuung renne ich bis zum Bauernhof der Rondots. Dort gibt mir Odile, die Bäuerin, eine Kelle Suppe oder einen Topf Nudeln. Jetzt vergleich mal deine Figur mit meiner... Vernünftig sein, mein lieber Philosoph, heißt, auf harmonische Weise alle Anforderungen verbinden zu können, die das Leben an einen stellt: sich gesund ernähren, gut in Form sein, geistesgegenwärtig sein, und das alles, um glücklich zu sein!«

Leo streckte sich, gähnte und schlief am Kamin ein.

Kapitel 8

In dem Mensch und Tier ihre beiderseitigen Verdienste für die Kultur und die Natur rühmen

Leo öffnete erst das eine Auge, dann das andere. Höchst erstaunt hob er den Kopf, spitzte die Ohren und sah sich um. Er lag, in eine Decke gehüllt, in der Wohnung des Philosophen. Die Sonne stand schon hoch am Himmel, und die Regale mit den vielen Büchern waren in Licht getaucht. Hätte er draußen geschlafen wie gewöhnlich, hätte ihn der Morgentau schon längst geweckt und er wäre bereits auf der Suche nach seinem Frühstück gewesen. Der Hund bemerkte eine Schüssel mit Hundefutter. Nachdem er alles verspeist hatte, setzte er sich hin und dachte über die Diskussion vom

Vorabend nach. Dann sprang er mit einem Satz auf und sagte: »Wollen wir doch einmal sehen. Einen Versuch ist es wert!«

Mit der Schnauze öffnete er den Kühlschrank und schnappte sich einen Kalbsknochen, der für ihn bestimmt war, sowie eine Lauchstange, ein scheußlich schmeckendes Philosophengemüse. Er lief hinaus zu Billy, dem Hund des Nachbarhofs, und sagte zu ihm:

»Mein kleiner Billy, ein böser Geist hat mich zur Ähnlichkeit mit den Zweibeinern verurteilt. Deshalb kann ich mit ihnen sprechen und philosophieren. Aber du bist ein echter Hund geblieben, und vielleicht kannst du ja sprechen lernen, ohne zugleich das Hundevolk zu verraten!«

Er legte den Knochen und den Lauch vor seinen Freund, hielt den Knochen mit einer Vorderpfote fest und sagte mit lauter Stimme: »Knochen.« Hoch zufrieden wedelte Billy mit dem Schwanz. Dann zeigte Leo mit der Vorderpfote auf den Lauch und sprach ihm vor: »Lauch.« Billy machte große Augen. Leo wiederholte wie im Zirkus: »Knochen. Lauch. Knochen. Lauch …«, und zeigte abwechselnd mit der Vorderpfote darauf. Aber Billy begriff nicht. Er hüpfte freudig um Leo herum und als dieser den Knochen losließ, sprang er vor, schnappte ihn sich und flüchtete, so schnell er konnte, in seine Hundehütte.

Der Philosoph war aus dem Haus gekommen und hatte die Szene beobachtet.

»Wolltest du ihm das Sprechen beibringen?«, fragte er Leo.

»Ja«, sagte Leo, »aber er hat es nicht begriffen.«

»Siehst du, mein Lieber«, sagte der Philosoph, während er Leos Kopf tätschelte, »Hunde können nicht sprechen lernen. Nicht einmal Affen, denen man bestimmte Elemente einer Zeichensprache beibringen kann, lernen richtig sprechen.«

»Aber wenn Affen sich die Zeichen merken und sie wieder verwenden können, um mit den Menschen zu kommunizieren, warum meinst du dann, sie könnten nicht sprechen?«, fragte der Hund.

»Wenn Menschen Affen unter ihresgleichen lassen und die erwachsenen

Zeichensprache
Das ist eine Sprache, bei der das gesprochene Wort durch ausdrucksvolle Gesten ersetzt wird. So können gehörlose Kinder lernen, sich durch Zeichen mit der Hand, durch Lippenbewegungen oder Gesichtsausdrücke mitzuteilen und zu verständigen.

Kommunizieren
Anderen etwas bekanntgeben, ihnen etwas mitteilen.

Affen allein mit ihren Kleinen sind, gelingt es ihnen nicht, alle Zeichen weiterzugeben, die sie gelernt haben. Manche vergessen sie, und die Sprache geht verloren. Tiere können von Menschen lernen wie in der Schule, aber sic können nicht weitergeben, was man ihnen beigebracht hat. Wir Menschen aber können unseren Kindern alles weitervermitteln, was wir gelernt haben. Das ist eine Eigenschaft des Menschen, und genau das nennt man Kultur.«

Der Hund und der Mann gingen gemeinsam einige Schritte in Richtung Garten, der schon in der Mittagshitze lag. Der Philosoph krempelte schwitzend seine Hemdsärmel hoch, dann holte er ein sauberes und noch zusammengefaltetes Taschentuch hervor und knotete es an seinen vier Zipfeln zu einer Haube zusammen, um sich vor der Sonne zu schützen. Langsam ging er neben dem Hund mit dem flammend roten Fell her. Unverbesserlich, wie er war, fuhr der Philosoph mit seiner Lektion fort:

»Deshalb müssen alle Kinder zur Schule gehen. Wenn sie ihre Hausaufgaben machen und ihren Lehrern zuhören, die über das Wissen verfügen, erwerben sie neue Kenntnisse, lernen sie, sich richtig zu verhalten und nachzudenken. Und sie erwerben die Fähigkeit, ihrerseits all die schönen Kenntnisse weitergeben zu können …«

»Zum Glück bin ich ein Hund!«, rief Leo aus. »Ich muss mich euren Verpflichtungen nicht beugen. Ich bin nicht gezwungen, zum Lernen in die Schule zu gehen. Wie sehr ich die Kinder doch bedaure, die sich unsägliche Mühe geben müssen, um das ganze Wissen der Menschen in ihren Kopf zu bekommen! Ich hingegen weiß von Natur aus genau, was gut für mich ist und was ich tun muss, um es zu bekommen. Ich kann seit meiner Geburt schwimmen, ich kann nach kurzer Zeit im Wald Spuren finden oder Löcher graben, um die Nahrung ausfindig zu machen, die ich zum Leben brauche. Ich muss es nicht lernen[7]!«

7 *Siehe Texte im Anhang, Seite 103*

»Ja, Leo«, entgegnete der Philosoph, »aber du bedienst dich nur deiner naturgegebenen Fähigkeiten. Du hast lange Beine, deshalb läufst du schnell. Wir Menschen dagegen können uns nicht mit den Fähigkeiten zufrieden geben, die wir von Geburt an haben. Deshalb hat der Mensch den Pflug erfunden, um das Land zu bestellen. Er hat gelernt, Feuer zu machen, um den Nahrungsmitteln mehr Geschmack zu geben und sich zu wärmen. Er hat Segelschiffe gebaut, um übers Meer zu fahren und Wind und Wasser zu beherrschen. Wir sind in der Lage, unsere Umgebung zu verändern.

Wir bedienen uns der Natur für Ziele, die nicht natürlich sind.«

»Und wozu dient das alles?«, fragte Leo.

»Dank dieser Techniken sind wir nicht länger abhängig. Feuer schützt uns vor Kälte, Impfstoffe bewahren uns vor Krankheiten. Wir wissen, wie wir uns von den Zwängen der Natur befreien können. Schritt für Schritt werden wir frei.«

Claude Lévi-Strauss
Französischer Ethnologe und Philosoph (geb. 1908)

Ethnologe
Der Ethnologe ist ein Wissenschaftler, der andere Kulturen erforscht. Er will die Bedeutung ihrer Sitten und Gebräuche, ihrer Mythen und ihrer Glaubensvorstellungen herausfinden und beschreiben.

Unter der **Natur** verstehe ich unser biologisches Erbe; mit dem Begriff **Kultur** bezeichne ich im Gegensatz dazu alles, was durch die äußere Tradition auf uns gekommen ist ... Unter der Kultur oder **Zivilisation** versteht man die Gesamtheit der Bräuche, der Überzeugungen und der Institutionen wie Kunst, Recht, Religion und Technik, kurz, alle Gewohnheiten und Fertigkeiten, die der Mensch sich als Mitglied einer **Gesellschaft** angeeignet hat.

Lévi-Strauss

Kapitel 9

In dem Leo bestreitet, dass der Mensch frei ist

Natur und Kultur
Zur Natur gehört das gesamte Universum, das die Menschen umgibt. Wenn man aber Natur und Kultur unterscheidet, bezeichnet die Natur jene Eigenschaften, über die man von Geburt an verfügt, zum Beispiel die Augenfarbe. Zur Kultur hingegen gehört alles, was man nach der Geburt erwirbt und von anderen Menschen lernt, was einem dazu dient, sich zu bilden und zu verändern.

Leo war so verblüfft, dass er abrupt stehen blieb:

»Frei?«, fragte er. »Aber die Kultur, von der du sprichst, besteht doch gerade aus einem System von Regeln und Verpflichtungen! Sie zwingt euch, das Gegenteil von dem zu tun, wozu ihr Lust habt. Ihr Menschen befreit euch von der Natur lediglich, um zu Sklaven sozialer Regeln zu werden! Gestern sah ich dich durchs Dorf gehen. Du hast alle gegrüßt, auch die, die du nicht leiden kannst.«

Mit der Pfote grüßend, ahmte der Hund die salbungsvollen Worte seines Freundes nach und fuhr fort:

»Einen schönen Tag, Verehrteste, wie

geht es Ihnen? Haben Sie Ihre Bronchitis überwunden? Ich hoffe, es geht Ihnen heute besser!«

Er sah dem Philosophen geradewegs in die Augen und fügte hinzu:

»Heuchler! Deine Nachbarin ist ein echtes Gift! Solange sie krank war, hielt sie wenigstens ihr Klatschmaul. Also, sag die Wahrheit: Möchtest du sie wirklich so schnell wiedersehen?«

»Das sind Redensarten, man benutzt sie aus Höflichkeit«, antwortete der Philosoph.

»Ich muss nicht höflich sein zu Hunden, die ich nicht mag! Wenn mich einer ärgert, knurre ich, und wer mich reizt, den beiße ich. Ich bin viel freier als ihr Menschen!«, behauptete Leo.

»Aber die Regeln sind notwendig für das Zusammenleben, großer Leo! Und sie hindern einen nicht daran, frei zu wählen, zu wem man Beziehungen haben will. Die Höflichkeit ist lediglich ein Mittel, eine gute Distanz zwischen den Menschen zu wahren. Nur weil ich meine Nachbarin nicht besonders schätze, muss ich sie doch nicht gleich in die Wade beißen. Sicher, ich grüße sie, wenn ich sie sehe, aber es bleibt mir überlassen, ob ich sie zu mir einlade, ob ich ihr meine Zeit widme oder mich auf ein Gespräch mit ihr einlasse. Die Menschen sind frei, weil sie im Rahmen der Regeln, die sie sich selbst geben, wählen können. Hunde hingegen sind nicht frei, sie folgen ihrer Natur und wählen nichts.«

Die spöttische Miene des Hundes zeigte dem Philosophen, dass er ein wenig vorschnell mit seiner Schlussfolgerung war. Beide sahen sich an und unterbrachen ihren Spaziergang. Der Mann setzte sich neben seinen Freund ins hohe Gras des Gartens und brachte seine improvisierte Kopfbedeckung wieder in Ordnung. Leo versetzte ihm einen freundschaftlichen Stups mit der Schnauze:

»Dann ist der Herr Philosoph also frei, weil er wählen kann... Sag mal, welches Hundefutter hast du mir gestern im Supermarkt gekauft?«

»Hundefutter der Marke Bellofit«, antwortete der Mann, und allmählich däm-

merte ihm, worauf der Hund mit seiner Frage hinauswollte.

»Und für welche Hundefuttermarke wurde vorgestern im Fernsehen Werbung gemacht? Wie hieß noch gleich das Hundefutter, das als einziges dem Fell deines treuen Gefährten einen so wunderbaren Glanz verleiht?!«, fragte der Hund.

»Bellofit«, seufzte der Philosoph.

»Du hast also die freie Wahl ... und wählst ..., was dir die Werbung gesagt hat«, schloss Leo unerbittlich und zappelte vor Ungeduld.

»Hätte ich mir aber Zeit zum Nachdenken genommen«, fuhr der Philosoph fort, »wäre mir klar geworden, dass mich die Werbung beeinflusst hat!«

»Sicher, Nachdenken ist anscheinend ja auch dein Beruf, und trotzdem hast du zu Bellofit gegriffen. Du fängst immer erst hinterher mit dem Nachdenken an. Und du rühmst die menschliche Freiheit und die Fähigkeit zu wählen! Die Kultur, von der du sprichst, ist die Summe aller nutzlosen Bedürfnisse, mit denen sich die Menschen belasten und die sie nicht auswählen. Sieh dich an! Du kaufst dir Kaschmiranzüge, Seidenkrawatten, englische Kordsamthosen, italienische Schuhe, Schweizer Uhren! Aber du brauchst sie nicht. Du machst das alles, weil die anderen Menschen darauf schauen! Mir dagegen genügt mein Pelz: Ich gefalle der Hündin Yellow so, wie ich bin, auch wenn mein Fell an manchen Stellen kahl ist.«

Der Philosoph hörte Leo mit gesenktem Kopf zu. Dann fragte er: »Es ist Mittagszeit. Würdest du trotzdem eine Mahlzeit mit einem armen, von überflüssigen Bedürfnissen belasteten Menschen teilen?«

»Gerne«, stimmte Leo zu, »aber ich finde, wir sollten dabei auf meine Weise vorgehen«.

Beide kehrten in die Wohnung des Philosophen zurück. Leo öffnete den Kühlschrank und legte alle Vorräte auf eine Decke. Dann schnappte er das Tuch mit der Schnauze und zog es nach draußen unter den Birnbaum. Alles lag durcheinander auf dem Boden: das Obst, die Wurst, der grüne Salat, die Butter, der Käse ...

»Wir brauchen keine Tische, um das Essen darauf hübsch anzurichten, keine Teller, damit jeder seine ihm zustehende Portion bekommt, und auch keine Messer, denn wir haben unsere Zähne. Hau rein!«, rief der Hund.

Fassungslos sah der Philosoph, wie der Hund mit den Pfoten in die Butter fasste, herzhaft in die Wurst biss und ein Schnitzel zerfetzte. Nach und nach verschwanden die Leckereien. Leo leckte sich die Lefzen und schnaufte: »Uff! Wuff! Köstlich!«

»Warum eigentlich nicht«, seufzte der Philosoph, der immer für neue Erfahrungen offen war.

Er nahm seine Brille ab und legte sie sorgsam in ein Etui. Dann schnappte er sich ein Würstchen, ein Stück Camembert, ein Salatherz, ein Gürkchen, eine Sardine, legte sich ins Gras und ließ sich das improvisierte Festmahl schmecken.

Kapitel 10

In dem die beiden Freunde zufrieden auseinandergehen und ein Wiedersehen vereinbaren

Es war Zeit für ein Mittagsschläfchen. Die beiden Freunde schlummerten friedlich im Schatten des Birnbaums. Als der Mann schließlich die Augen aufschlug, weckte er den Hund, dann setzte er seine Brille wieder auf und wandte sich an seinen Gefährten:

»Weißt du, Leo, ich kann dir nicht bis zum Ende folgen, da der Mensch nicht vollkommen nach der Natur leben kann. Ich habe mit dir auf dem Boden, ohne Besteck und gute Manieren zu Mittag gegessen, aber ich kann nicht täglich auf einen Teller verzichten und nur kalt essen. Ich kann einen Abend unter freiem

Himmel schlafen, aber im Winter sind mir mein Bett und ein gut beheiztes Zimmer doch lieber. Ich möchte nicht zurück zur Natur.«

»Wuff!«, gab Leo zurück und gähnte. »Ihr braucht ganz schön viel, um Mensch zu sein. Wir Hunde werden als Hunde geboren. Ihr Menschen aber werdet nicht ganz als Menschen geboren. Nimm eure Babys, sie können nicht laufen, nicht schwimmen, nicht sprechen, nicht arbeiten. Ihr seid so schwach und so hilflos, dass ihr erst nach tausenderlei Anstrengungen Mensch werdet.«

»Möchtest du nicht Mensch werden, Leo, mein Freund?«

»Bestimmt nicht! Und dann auch noch schlechte Noten in der Schule kassieren von Leuten, die wollen, dass ich auf Englisch belle! Ich bin schon genug damit gestraft, dass ich sprechen kann und einem großen Philosophen zuhören muss!

Und du? Möchtest du nicht ein Hund werden?«

»Oh nein, ich bin gerne Mensch und bleibe lieber das schwächste Tier, das geschickt sein muss, um sich mit all den Fähigkeiten zu wappnen, die ihm nicht von Natur aus gegeben sind.«

»Wir sind also beide mit unserer Rolle zufrieden«, stellte Leo fest, »du als Mensch und ich als Tier.«

Die Sonne ging unter. Es war unverkennbar, dass die schöne Jahreszeit begonnen hatte. Die Fliegen surrten und obwohl die Nacht anbrach, war es nicht kalt. Leo sog die frische Luft ein und sah sich um.

»Siehst du, Philosoph, es wird Frühling. Die schöne Yellow erwartet mich, sie wird die Pension verlassen und den Herden auf die Berge folgen. Es wird Zeit, dass ich gehe!«

»Kommst du wieder?«, fragte der Philosoph, dem das Herz schwer wurde.

»Natürlich! Ohne mich könntest du dein dickes Buch doch nicht zu Ende schreiben. Wir sehen uns im Herbst wieder, und vielleicht mit kleinen Leos und Yellows an meiner Seite!«

Gerührt sah der Philosoph dem großen fuchsroten Hund nach, der durch die Felder davonlief.

Texte

Leo will sich von niemandem etwas vormachen lassen, auch nicht vom Philosophen. Deshalb steckt er seine Nase selbst in philosophische Bücher. Auf seinen Spuren könnt auch ihr euch schlaumachen.

1

Aristoteles

»Dass ferner der Mensch in höherem Grade ein staatenbildendes Lebewesen ist als jede Biene oder sonst ein Herdentier, ist klar. Wer aber nicht in Gemeinschaft leben kann oder in seiner Autarkie ihrer nicht bedarf, der ist wie etwa das Tier oder die Gottheit kein Teil des Staates.«

Hobbes

Thomas Hobbes
Englischer Philosoph (1588–1679)

»Möge er (der Mensch) daher bei sich überlegen: wenn er eine Reise unternimmt, bewaffnet er sich und trachtet nach guter Begleitung; wenn er schlafen will, verschließt er die Türen; sogar wenn er im Haus ist, verschließt er seine Truhen; und das, obwohl er doch weiß, dass es Gesetze und Diener der Öffentlichkeit gibt, gewappnet, um alle Unbill zu rächen, die ihm widerfährt. Was für eine Meinung hat er von seinen Mitmenschen, wenn er bewaffnet ausreitet, von seinen Mitbürgern, wenn er seine Türen verschließt, und von seinen Kindern und Dienstboten, wenn er seine Truhen verschließt?«

Kant

»Der Mensch hat eine Neigung sich zu vergesellschaften: weil er in einem solchen Zustande sich mehr als Mensch, d. i. die Entwicklung seiner Naturanlagen, fühlt. Er hat aber auch einen großen Hang sich zu vereinzeln (isolieren): weil er in sich zugleich die ungesellige Eigenschaft antrifft, alles bloß nach seinem Sinne richten zu wollen «

Aristoteles sagt, der Mensch sei das Tier, das für das Zusammenleben, für ein Leben in Gemeinschaft geschaffen sei.

Im Gegensatz dazu sagt *Hobbes*, die Menschen hätten ursprünglich isoliert voneinander gelebt und sich gegenseitig misstraut, denn sie hätten einander als Bedrohung wahrgenommen. Nach Kant verbindet der Mensch zwei Eigenschaften: Er stellt sich gegen die anderen, weil er nach eigenem Gutdünken handeln will, aber er kann nur in Gemeinschaft leben, weil er seine Fähigkeiten nur im Zusammenleben mit anderen entwickelt.

Steht unser Philosoph eurer Meinung nach Aristoteles oder Hobbes näher? Und was denkt Leo wohl in dieser Hinsicht vom Menschen? Sind die Menschen zum Zusammenleben geschaffen? Wie denkt ihr darüber?

2

Platon / Protagoras

Der griechische Philosoph Platon berichtet von einem Mythos, den ein anderer Philosoph, Protagoras, erzählt hat: Die Götter haben Prometheus und Epimetheus damit beauftragt, allen Tierarten die zu ihrem Fortbestand notwendigen Fähigkeiten zu verleihen. Epimetheus machte sich an die Arbeit, doch er vergaß den Menschen …

»Wie aber Epimetheus noch nicht ganz weise war, hatte er unvermerkt schon alle Kräfte aufgewendet für die unvernünftigen Tiere; übrig also war ihm noch unbegabt das Geschlecht der Menschen, und er war ratlos, was er diesem tun sollte. In dieser Ratlosigkeit nun kommt ihm Prometheus, die Verteilung zu beschauen, und sieht die übrigen Tiere zwar in allen Stücken weislich bedacht, den Menschen aber nackt, unbeschuht, unbedeckt, unbewaffnet, und schon war der bestimmte Tag vorhanden, an welchem auch der Mensch hervorgehen sollte aus der Erde an das Licht. Gleichermaßen also der Verlegenheit unterliegend, welcherlei Rettung er dem Men-

Platon
Griech. Philosoph (um 427–348 oder 347 v. Chr.)
In seinem Dialog *Protagoras* stellt er einen anderen griechischen Philosophen vor und lässt diesen die hier zitierten Worte sprechen.

Protagoras
Griech. Philosoph (485–411 v. Chr.)
Von ihm sind nur Fragmente überliefert, die von anderen Philosophen zitiert wurden, und wir kennen ihn hauptsächlich durch den Dialog, den Platon ihm gewidmet hat.

schen noch ausfände, stiehlt Prometheus die kunstreiche Weisheit des Hephaistos und der Athene, nebst dem Feuer – denn unmöglich war, dass sie einem ohne Feuer hätte angehörig oder nützlich sein können –, und so schenkte er sie dem Menschen. Die zum Leben nötige Wissenschaft also erhielt der Mensch auf diese Weise …«

Besitzt der Mensch laut diesem Text viele oder nur wenige angeborene Fähigkeiten? Wodurch wird er fähig, für seinen Fortbestand zu sorgen?

Hephaistos ist der Gott der Schmiede und aller Metallarbeiter. Warum ist die Beherrschung des Feuers ein so wertvolles Geschenk von Prometheus an den Menschen? Wozu ist der Mensch durch das Feuer in der Lage?

Athene ist die Göttin des Verstands und nach Protagoras auch die Göttin der

Geschick, Geschicklichkeit
Geschickt zu sein heißt, findig und gewandt zu sein, seine Kenntnisse und Fähigkeiten nutzen zu können, etwa um Dinge herzustellen.

technischen Fertigkeiten. Kann man eurer Meinung nach den Verstand vom praktischen Wissen getrennt sehen? In Text Nr. 3 gibt uns der Philosoph Hegel eine mögliche Antwort

3

Hegel

»Der Ungeschickte bringt immer etwas anderes heraus, als er will, weil er nicht Herr über sein eigenes Tun ist, während der Arbeiter geschickt genannt werden kann, der die Sache hervorbringt, wie sie sein soll, und er keine Sprödigkeit in seinem subjektiven Tun gegen den Zweck findet«

Vielleicht habt ihr schon einmal versucht, etwas zu bauen (ein Modell, ein einfaches Muster, einen technischen Apparat ...). Ist es euch gelungen? Habt ihr zuerst über die Konstruktion nachgedacht, fertigt ihr eine Zeichnung an, bevor ihr loslegt? Kann man mit einer Konstruktion beginnen, ohne vorher darüber nachgedacht zu haben? Man stellt oft Handwerker und Geistesarbeiter (Wissenschaftler oder Anwälte) einander gegenüber. Ist dieser Gegensatz nach Hegel gerechtfertigt?

Als geschickt erweist sich ein Mensch, der seine Fähigkeiten in seiner Arbeit zeigt, weil er seine Aufgabe genau so erfüllt, wie er es geplant hat. Ist es immer leicht, sein Wissen in der Praxis anzuwenden? Könnt ihr zum Beispiel, wenn ihr eine Lektion lernt, diese immer in einer Klassenarbeit anwenden? Warum?

4

Descartes

»Doch ist niemals ein so vollkommenes Tier gefunden worden, das sich irgendeines Zeichens bedient hat, um anderen Tieren etwas verständlich zu machen, was keine Beziehung zu seinen Gefühlen hat; und es gibt keinen so unvollkommenen Menschen, der sich deren nicht bedient, sodass die Tauben und Stummen besondere Zeichen erfinden, mit denen sie ihre Gedanken ausdrücken.«

Laut Descartes kann der Mensch als einziges Wesen sprechen, weil er nicht nur seine Instinkte und seine körperlichen Bedürfnisse, sondern auch seine Gedanken ausdrücken kann. Seid ihr damit einverstanden? Wenn ihr ein Tier habt, meint ihr manchmal vielleicht, dass ihr es verstehen könnt? Liegt das daran, dass es eine Art Tiersprache gibt? Kann man sagen, dass Tiere auf ihre Weise sprechen?

5

Hannah Arendt

»Das aber heißt, dass unsere Fähigkeit zu lügen (...) zu den wenigen Daten gehört, die uns nachweislich bestätigen, dass es so etwas wie Freiheit wirklich gibt (...)«

Hannah Arendt
Deutsch-Amerikanische Philosophin (1906–1975), die erst nach Frankreich, dann in die USA floh, um der Judenverfolgung durch die Nazis zu entkommen.

Alle sagen, es sei schlecht, wenn man lügt. Aber ist es wirklich so schlecht, die Fähigkeit zum Lügen zu besitzen? Könnten wir neue Dinge erfinden und unsere

Einbildungskraft einsetzen, wenn wir nicht ausdrücken könnten, was es nicht gibt?

Glaubt ihr, man dürfe nie lügen? Gibt es Situationen, in denen es gut ist zu lügen?

6

Epikur

»Wer des folgenden Tages am wenigsten bedarf, begrüßt ihn am freudigsten.«

Wollt ihr ständig daran denken, was morgen passieren kann? Warum? Glaubt ihr, es ist besser, wenn man in der Gegenwart lebt und sich nicht um die Zukunft kümmert? Warum will Leo in der Gegenwart leben, ohne sich Gedanken um die Zukunft zu machen?

7

Claude Lévi-Strauss

»Unter der Natur verstehe ich unser biologisches Erbe; mit dem Begriff Kultur bezeichne ich im Gegensatz dazu alles, was durch die äußere Tradition auf uns gekommen ist ... Unter der Kultur oder Zivilisation versteht man die Gesamtheit der Bräuche, der Überzeugungen und der Institutionen wie Kunst, Recht, Religion und Technik, kurz, alle Gewohnheiten und Fertigkeiten, die der Mensch sich als Mitglied einer Gesellschaft angeeignet hat.«

Könnt ihr andere Beispiele für Geschicklichkeit finden oder für erworbene Fähigkeiten, die zur Kultur des Menschen gehören? Kann es eurer Meinung nach Menschen ohne Kultur geben?

campus
Myriam Revault d'Allonnes
WARUM
FÜHREN MENSCHEN
KRIEG?